明·湯顯祖著 劉世珩輯刻

暖紅室
彙刻

邯鄲記

廣陵書社

丙申夏月廣陵書社
據暖紅室舊版刷印

校正增圖邯鄲記

暖紅室彙刻臨川四夢之四

題邯鄲夢

人生如夢。惟悲歡離合。夢有凶吉爾。邯鄲生忽而香水堂曲江池。忽而陝州城。祁連山。忽而雲陽市鬼門道。翠華樓。極悲極歡。極離極合。無之非枕也。狀頭可奪。司戶可笞。夢中之炎涼也。鑿郟行諜。置牛起城。夢中之經濟也。君奚喪元。諸番賜錦。夢中之治亂也。遠竄以酬悉那。死讒以報宇文。夢中之輪迴也。臨川公能以筆毫墨瀋。繪夢境爲眞境。繪驛使番兒織女輩之眞境。爲盧生虛境。臨川之筆夢花矣。若曰死生大夢覺也。夢覺小生死也。不夢卽生。不覺卽夢。百年一瞬耳。奈何不泯恩怨。忘寵辱。等悲歡離合於漚花泡影。領取趙州橋面目乎。嗟乎盧生蕨蘧八十年。蹢躅數千里。不離趙州寸步。又烏知夫諸仙衆非卽我眷屬。跳弄而蓬萊島猶是香水堂曲江池。翠華樓之變現乎。凡亦夢。仙亦夢。凡覺亦夢。仙夢亦覺。微乎微乎。臨川教我矣。震峰居士沈際飛漫書。

邯鄲夢記題辭

士方窮苦無聊。倏然而與語出將入相之事。未嘗不憮然太息。庶幾一遇之也。及夫身都將相。飽厭濃酲之奉。迫束形勢之務。倏然而語以神仙之道。清微閒曠。又未嘗不欣然而歎。惝然若有遺。暫落清泉之活其目而涼風之拂其軀也。又况乎有不意之憂。難言之事者乎。回首神仙、蓋亦英雄之大致矣。

邯鄲夢記盧生遇仙旅舍、授枕而得婦遇主。因入以開元時人物事勢。通漕於陝。拓地於番。讒搆而流讒

亡而相於中。寵辱得喪生死之情甚具。大率推廣焦湖祝枕事為之耳。世傳李鄴侯泌作。不可知。然史傳泌少好神仙之學。不屑昏宦。為世主所强。頗有幹濟之業。觀察郟虢。鑿山開道至三門集。以便餉漕。又數經理吐番西事。元載疾其寵。天子至不能庇之。為匿泌於魏少遊所。載誅召泌。懶殘所謂勿多言領取十年宰相是也。枕中所記。殆泌自謂乎。唐人高泌於魯連范蠡。非止其功。亦有其意焉。

獨歎枕中生於世法影中。沈酣嘯傲。以至於死。一哭

而醒夢死可醒眞死何及或曰按記則邊功河功蓋古今取奇之二竅矣談者殆不必了人至乃山河影路萬古歷然未應恐成夢具曰既云影跡何容歷然岸谷滄桑亦豈常醒之物耶第概云如夢則醒復何存所知者知夢遊醒必非枕孔中所能辯耳辛丑中秋前一日臨川淸遠道人書於玉茗堂

玉茗堂邯鄲記卷上目錄

玉茗堂邯鄲記卷上　　雜劇傳奇彙刻第十四種

獨深居點次　　夢鳳樓

暖紅室　校訂

第一齣　標引

漁家傲（末上）烏兔天邊纔打照、仙翁海上驢兒叫、一霎蟠桃花綻了、猶難道、仙花也要閒人掃、一枕餘酣昏又曉、憑誰撥轉通天竅、白日殀西還是早、回頭笑、忙忙過了邯鄲道、（問答照常）

何仙姑獨遊花下、呂洞賓三過岳陽、

俏崔氏坐成花燭、蠢盧生夢醒黃粱

第二齣　行田

破齊陣（破陣子）（生扮盧生上）極目雲霄有路、驚心歲月無涯、（齊天樂）白屋三間、紅塵一榻、放頓愁腸不下、（破陣子）展秋窗腐草無螢火、盼古道垂楊有暮鴉、西風吹鬢華。（菩薩蠻倒句）客驚秋色山東宅。宅東山色秋驚客。盧姓舊家儒。儒家舊姓盧。隱名何借問。問借何名隱。生小誤癡情。情癡誤小生。小生乃山東盧生是也、始祖籍貫范陽郡、土長根生、先父流移邯鄲縣村居草

玉茗堂邯鄲記 卷上

食白離母穴、生成背厚腰圓、未到師門、早已眉清目秀、眼到口到心到。於書無所不窺。時來運來命來。所事何件不曉數什麼道理。繭絲牛毛。我筆尖頭。一些些〻都箋的進。挑的出。怕那家文章。龍牙鳳尾。我錦囊底。一樣樣都放的去收的來。呀、說則說了百千萬般。遇不遇兮二十六歲。今日才子。明日才子。李赤是李白之兄。這科狀元。那科狀元。梁九乃梁八之弟。之乎者也。今文豈在我之先亦已焉哉前世落在人之後。衣冠欠整。根不根。秀不秀。人看處面目可憎。世事都

夢鳳樓此曲原少三句今參酌大成譜及臧晉叔改本補之

知。啞則啞。聾則聾。自覺得語言無味。真乃是人無氣勢。精神減。家少衣糧。應對微。所賴有數畝荒田。正直秋風禾黍。諒後進難攀。先進誰想。這君子也。如用之。學老圃。混著老農。難道是小人哉。何須也。到九秋天氣。穿扮得衣無衣。褐無褐。不褻膝短裘。敝貂往三家店兒乘坐。著馬非馬。驢非驢。略搭腳青駒。似狗痎。雖則如此、無之奈何、不免鞴上蹇驢。散心一會、鞴驢驢鳴介我此驢也相伴多年了、再不能勾駟馬高車、年年邯鄲道上也、行介

柳搖金青驢緊跨、霜風漸加、克膝的短裘、摺不住沙塵刮、空田噪晚鴉、牛背上、夕陽西下、看一縷襯殘霞、淺淺寒流灣灣、殘壩秋風、古道紅樹槎牙、紅樹槎牙、唱道是秋容如畫、日已向晚、且西村暫住、明日再田上去、

返照入閭巷、憂來共誰語、
古道少人行、秋風動禾黍、

第三齣 度世

副淨扮呂仙背劍葫蘆褡褳枕上集唐蓬島何曾見

一人拔星帶月斬麒麟。無緣邀得乘風去。迴向瀛洲看日輪。自家呂巖、字洞賓、京兆人也、忝中文科進士、素性飲酒任俠、曾於咸陽市上酒中殺人、因而亡命、久之貧落、道遇正陽子鍾離權先生、能使飛昇黃白之術、見貧道行旅消乏、將石子半斤、點成黃金一十八兩、分付貧道仔細收用、貧道心中有疑、叩了一頭、稟問師父、師父、此乃點石爲金、後來仍變爲石乎、師父說五百年後仍化爲石、貧道立取黃金拋散、雖然一時濟我緩急、可惜誤了五百年後遇金人、師父啞

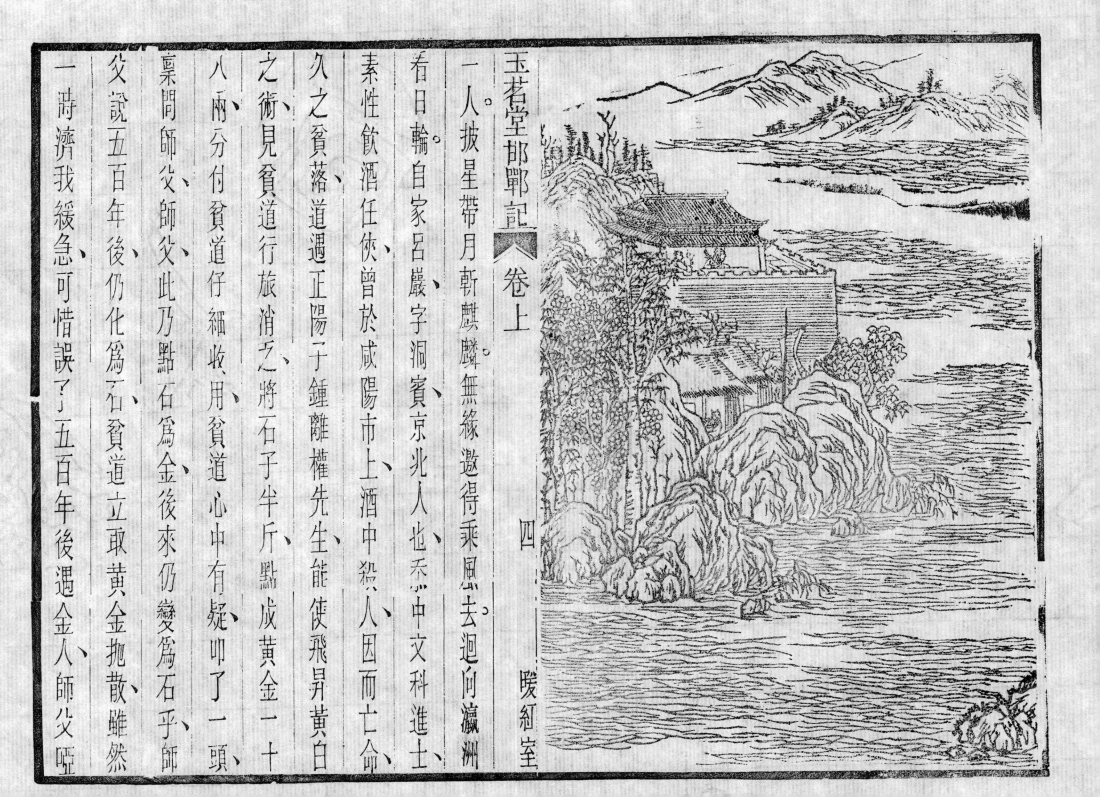

然大笑、呂巖、呂巖、一點好心、可登仙界、遂將六一飛昇之術、心心密諦、口口相傳、行之三十餘年、忝登了上八洞神仙之位、只因前生道緣深重、此生功行纏綿、性頗混塵、心存度世、近奉東華帝旨、新修起一座蓬萊山門、門外蟠桃一株、三千年其花纔放、時有些劫罡風等閒吹落花片、塞礙天門、先是貧道度了一位何仙姑來此、逐日掃花、近奉東華帝旨、何姑證入仙班、因此張果老仙尊又著貧道駕雲騰霧、於赤縣神州再覓取一人、來供掃花之役、道猶未了、何姑笑舞而來也、〔旦扮何仙姑持箒上〕好風吹起落花也

【賞花時】翠鳳毛翎札箒叉、閒踏天門掃落花、你看風起玉塵砂、猛可的那一層雲下、抵多少門外即天涯【見介】洞賓先生何往、【呂】恭喜你領了東華帝旨、證了仙班、果老仙翁誠恐你高班已上、掃花無人、著我再往塵寰度取一位、敢支分殺人也、【何】洞賓先生大功行了、只此去未知度人何處、蟠桃宴可早趕的上也

【么篇】你休在劍斬黃龍一綫差、再休向東老貧窮賣酒家、你與俺高眼向雲霞、洞賓呵、你得了人早些兒

回話遲呵、錯教人留恨碧桃花〔下〕〔呂〕仙姑別去、不免將此磁枕褡褳駕雲而去也、枕是頭邊枕、磁爲心上（沒[illegible]心思）慈、、〔下〕〔淨扮店小二上〕我這南湖秋水夜無烟、奈可乘流直上天、且就洞庭賒月色、將船買酒白雲邊、〔內笑介〕小二哥發誓不賒又賒了、〔淨〕賒的賒一月、買的買一船、小子在這岳陽樓前開張箇大酒店、因這洞庭湖水多、酒都扯淡了、這幾日賒也沒人來、好笑好笑、〔內叫介〕小二哥、那不是兩箇賒的來了、〔淨〕請進請進、〔丑末扮二客上〕一生湖海客、半醉洞庭秋、小二哥買酒、〔淨應介〕〔客看壺介〕酒壺上怎生寫著洞庭二字、〔淨〕盛水哩、〔客笑介〕也罷、拚我們海量、吞你幾箇洞庭湖、〔淨〕二位較量飲、〔一客〕小子鄱陽湖生意、飲入百杯罷、〔一客〕小子廬江客、飲三百杯、〔淨〕這等消我酒不去、八百鄱陽三百焦、到不得我這把壺一箇腰、〔客〕好大壺嘴哩、〔做飲唱隨意介〕〔淨〕又一箇帶牛鼻子的來了、

〔中呂〕〔粉蝶兒〕〔呂上〕秋色蕭疏、下的來幾重雲樹、卷滄桑半葉淺蓬壺、踐朝霞、乘暮靄、一步捱一步、剛則背上葫蘆、淡黃生可人衣服、

臧曰把世界幾點兒來數數韻丁的是若叶如去聲

唐人佳句

臧曰趕不上斜陽渡句佳

【醉春風】則爲俺無挂礙的熱心腸、引下些有商量來的清肺腑、這些時蹬著眼下山頭、把世界、幾點兒來數、數、這底是三楚、三齊、那底是三秦、三晉、更有我不著的三吳三蜀、說話中間、前面洞庭湖了、好一座岳陽樓也、

【紅繡鞋】趁江鄉落霞孤鶩、弄瀟湘雲影蒼梧、殘暮雨響菰蒲。晴嵐山市語烟水捕魚圖。把世人心閒看取、邊旁放著一座大酒店、店主有麼、【淨應介】請進、請進

【作送酒介】

【迎仙客】【呂】俺曾把黃鶴樓鐵笛吹、又到這岳陽樓將村酒沽、好景好景、前面漢陽江上面瀟湘蒼梧、下面湖北江東請了、【淨】請什麼子、【呂】來稽首是有禮數的洞庭君主、【淨】鬼話【內雁叫介】【呂】聽平沙落雁呼遠水孤帆出、這其中正洞庭歸客傷心處、趕不上斜陽渡。

【呂作醉介】酒是神仙造、神仙喫、你這一班兒也知道喫什麼酒、【二客惱介】哎也哎也、可不道一品官二品客、到不高如你、我穿的細輭羅緞、喫的細料茶食、用的細絲錁錠、似你這般、不看你喫的看你穿的哩、希

曰道俺箇醉漢不堪扶句佳

夢鳳按此曲少弟六弟七兩句從臧本補足又扯斷絲帶今歌者作絲絛

泥希爛的醒眼看醉漢、你醉漢不堪扶、〔呂笑介〕

〔石榴花〕俺也不和他評高下說精粗、道俺箇醉漢不堪扶、偏你那看醉人的醒眼不模糊、則怕你村沙勢比俺更俗、橫死眼（惡口）比俺更毒、〔二客〕野狐騷道出口傷人、還不去、還不去、扯破他衣服、〔呂〕俺和你作相逢有甚相傷觸、為什麼扯斷絲帶抓破衣服、又不曾回半句閒言語、怎罵俺作顛涎騷道野狐徒、（何必學語）〔客〕好笑、好笑、便那葫蘆中、那討些子藥物、都是燒酒氣、

〔鬬鵪鶉〕〔呂〕你笑他盛酒的葫蘆、須有些不著緊的信物、硬撐著你七尺之軀、俺老先生看汝、〔客〕看什麼了、無過是酒色財氣人之本等哩、〔呂〕你說是人之本等、則見使酒的爛了脅肚、〔客〕氣呢、〔呂〕使氣的腆（粗）破胸脯、〔客〕財呢、〔呂〕急財的守著家兒、〔客〕色呢、〔呂〕急色的守著院主、

〔上小樓〕這四般兒非親者故、四般兒為人造畜、〔客〕難道人有了君臣纔是富貴、有兒女家小纔快活、都是酒色財氣上來的、怎生住的手、〔呂〕你道是對面君臣一胞兒女、貼肉妻夫、則那一口氣不遂了心來、從何

趁口處來、去從何處去、俺替你愁俺替你想、敢四般兒那時纔住、（客）一會丁先生（本必稱）一些陰陽晝夜不知、（呂）笑介你可知麼、

么篇問你箇如何是畢月烏、（客）月黑了、就是、（呂）如何是房日兎、（客）想介醉了、房兒裏、吐去、（呂）你道如何是三更之午、十月之餘、一刻之初、（客）聽他什麼、祇噇酒、（呂）笑介問著呵、則是一班兒、觜歪禿速、難道偏則我出家人有五行攢聚、（眾）瞧介包兒裏是箇磁瓦枕、打碎他的、（呂）怎碎的他呵、（客）是甚麼生料、碎不的他、

白鶴子（呂）是黃婆土築了基、放在偃月爐、封固的是七般泥、用坎離爲藥物、（客）怎生下火、

么篇（呂）扇風囊隨鼓鑄、磁汞料瀉流珠、燒的那粉紅丹色樣殊、全不見枕根頭一綫兒縫痕路、（客）笑介枕兒兩頭大窟窿、先生害頭風出氣的、

么篇（呂）這是按入風開地戶、憑二曜透天樞、（客）到空空的發亮、（呂）有甚的空籠樣枕江山、早則是連環套通心腑、列位都來軃上一會麼、（客）寡漢睡的、（呂）笑介到不寡哩、

么篇半晌見承姹女並枕的好妻夫、【客】有甚好處【呂】好消息在其中、但枕著都有箇回心處、【客】難道有這話、我們再也不信、【呂】此處無緣、列位看官們請了、

【快活三】不是俺袖青蛇膽氣粗、則是俺憑長嘯海天孤、則俺朗吟飛過洞庭湖、度的是有緣人、人何處、【下】

【眾笑介】那先生被我們囉唣的去了、我們也去罷、相逢不飲空歸去、洞口桃花也笑人、【眾下】【呂上】好笑好笑、一箇大岳陽樓、無人可度、祇索望西北方迤邐而去、

【十二月】這是你白來的辛苦、一口（率）氣許了師父、少不得逢人問渡、遇主尋塗、是不是口邋著道詞、一路的做鬼妝狐、呀、一道清氣、貫於燕之南、趙之北、不免採轉雲頭、順風而去、

【滿庭芳】非關俺妄言禍福、怎頭直上非烟非霧、腳踏下非楚非吳、眼抹裏這非赤也非烏、莫不是青牛氣函關直豎、莫不是蜃樓氣東海橫鋪、沒羅鏡分金指度、打向假隨方認取、呀、卻原來是近清河邯鄲全趙那邊隅、仔細看來、是邯鄲地方、此中怎得有神仙氣

一本作一鶴祥雲下玉京臨凡覓度掃花人大抵乾坤都一照免教人在暗中行四句不佳

候也、

〔耍孩兒〕史記上、單注著會歌舞邯鄲女、俺則道幾千年出不的箇藺相如、卻怎生祥雲氣罩定不尋俗滿塵埃、他別樣通疏、知他蘆花明月人何處、流水高山客有無、俺到那有權術、偷覷影看他驢橛下探竿識得龍魚、

〔尾聲〕欠一箇蓬萊洞掃花人、走一片邯鄲城尋地主、但是有緣人、俺盡把神仙許、則這熱心兒普天下遇著他都姓呂、

日月祕靈洞、　雲霞辭世人、
爲結同心侶、　遥遥下碧雲、

第四齣　入夢

〔丑扮店主上〕北地秋深帶早寒、白頭祖籍住邯鄲、開張村務黃粱飯、是客都談處世難、小子在這趙州橋北、開一箇小小飯店、這店前店後、田莊半是這范陽鎮盧家的、他家往來歇腳在我店中、也有遠方客商來此打火、目今點心時分、看有甚人來、〔呂背褡褳枕笑上〕一粒粟中藏世界、半升鐺裏煮乾坤、貧道打從

岳陽樓上望見一縷青氣、竟投邯鄲、遶遲尋來、原來此氣落在邯鄲縣趙州橋西盧生之宅、貧道郎從人中觀見盧生相貌、清奇古怪、眞有半仙之分、便待引見而度之、則爲此人沈障久深、心神難定、因他學成文武之藝、未得售於帝王之家、以此其人落落其心村話悶悶而已、此非口舌所能動也、〔想介〕則除是如此如此、纔有箇醒發之處、俺先到店窩兒候他也、

〔鎖南枝〕青蛇氣、碧玉袍、按下了雲頭離碧霄、驀過趙州橋、蹬上這邯鄲道、〔內雞鳴犬吠介〕〔呂〕好一座村莊、

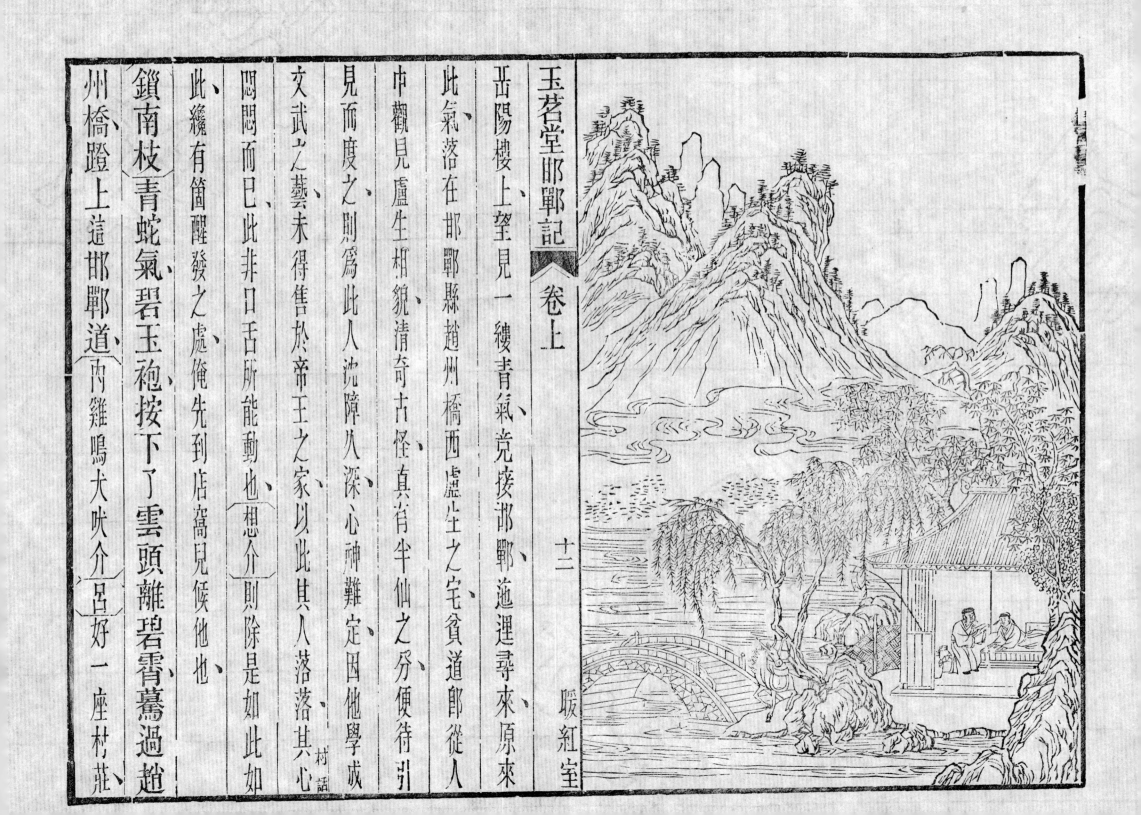

臧曰比那岳陽樓近多少句佳

自爲一通食生不化臧曰道人述一篇岳陽樓記唐時神仙亦喜讀宋文鑑耶

犬吠雞鳴、頗堪消遣、（丑）見介客官請坐、（呂）俺把擔囊放、塵榻高、比那岳陽樓近多少、（丑）道丈何來、（呂）我乃回道人、借坐一會、（丑）背介那人騎一匹青驢駒來也、（嚶）訣介那驢兒、雞兒、犬兒和那塵世中一班人物、但是精靈合用的、都要依吾法旨聽用、不得有違、勑、

前腔（生）短裘鞭驢上風吹帽、裘敝貂、短禿促青驢鞴斷了梢、（丑）盧大官人、（生）町疃裏一迴遭、那轆軸畔誰相叫、原來邸舍中主人、我且坐一會、去驢繫這檯枷上喂些草、（丑）知道了、（生）見呂介輕提手、當折腰、但相逢這面兒好、（生）店主人、這位老翁何處、（丑）回回國來的、（生）老翁容貌、不像回回、（呂）貧道姓回、從岳陽樓過此、足下高姓、（生）小子盧生是也、久聞的箇岳陽樓景致何如、（呂）有岳陽樓記一篇、畧表白幾句你聽、夫巴陵勝狀、在洞庭一湖、啣遠山、吞長江、浩浩蕩蕩、橫無際涯、朝暉夕陰、氣象萬千、此則岳陽樓之大觀也、北通巫峽、南極瀟湘、仙客騷人、多會於此、覽物之情、得無異乎、若夫霪雨霏霏、連月不開、陰風怒號、濁浪排空、日星隱曜、山岳潛形、商旅不行、檣傾楫摧、薄暮冥

冥、虎嘯猿啼、登斯樓也、則有去國懷鄉、憂讒畏譏滿目蕭然感極而悲者矣、至若春和影明、波瀾不驚、上下天光、一碧萬頃、沙鷗翔集、錦鱗游泳、岸芷汀蘭郁郁青青、而或長烟一空、皓月千里、浮光耀金、靜影沈璧、漁歌互答、此樂何極、登斯樓也、則有心曠神怡寵辱皆忘、把酒臨風、其樂洋洋者矣、【生】好景致也、老翁記的恁熟、諷誦如流、可到了幾次、【呂】不多、三次了、有詩爲證、朝遊碧落暮蒼梧、袖有青蛇膽氣粗、三過岳陽人不識、朗吟飛過洞庭湖、【生】老翁好吟詠也、則朝遊碧落暮蒼梧、蒼梧在南楚地方、碧落在那裏、【呂】若論碧落路程、眼前便是、【生笑介】老翁哄弄莊家哩、【呂】這等、且說今年莊家如何、【生】謝聖人在上、去秋莊家一畝、打七石八斗、今歲整整的打穀了九石九哩、【呂】這等你受用哩、【生笑介】可是受用了、【作忽起自看破裘歎介】大丈夫生世不諧、而窮困如是乎、【呂】觀子肌膚極腴、體胖無恙、談諧方暢、而歎窮困者何也、

【前腔】你身無恙、生事饒、旅舍裏、相逢如故交、暢好的不妝喬、正用歡言笑、因何恨、不白聊、歎孤窮、還待怎

生好、〔生〕老翁說我談諸得意吾此茍生耳、何得意之有、〔呂〕此而不得意何等爲得意乎、〔生〕大丈夫當建功樹名出將入相列鼎而食選聲而聽使宗族茂盛而家用肥饒然後可以言得意也、

〔前腔〕俺呵身遊藝心計高試青紫當年如拾毛、到如今呵俺三十算齊頭尚走這田間道、老〔平〕翁有何暢、叫俺心自聊、你道俺未稱窮還待怎生好、〔生作瞌介〕〔打呵欠介〕我一時困倦起來了、〔丑〕想是餓之了小人炊黃粱爲君一飯〔生〕待我榻上打箇盹、〔作睡介〕少箇枕

兒〔呂〕盧生盧生你待要一生得意我解囊中贈君一枕〔開囊取枕與生介〕〔生接枕介〕〔呂〕用拂子拂生介

〔隔尾〕你看困中人無智把精神倒、你枕此枕呵、敢著你萬事如期意氣高、店主人你去煮黃粱要他美甘甘清睡箇飽、〔呂下〕〔生作睡不穩介〕〔起看枕介〕

〔嬾畫眉〕這枕呵、不是藤穿刺繡錦編牙好則是玉切香雕體勢佳、呀原來是磁州燒出的瑩無瑕卻怎生兩頭漏出通明罅、〔抹眼介〕莫不是睡起矇瞪眼挫花〔瞧介〕有光透著房子裏可是日光所映、

夢鳳按獨深居本原題作尾聲今從藁本改隔尾臧曰你去煮黃粱要他美甘甘清睡箇飽句佳

夢鳳按名本作則是今從毛本作則這

從此入幻匪夷所思

夢鳳按名本作快拏快拏今從毛本作快走快走與下快拏更緊一層

【前腔】則這半間茅屋甚光華、敢則是落日橫穿一綫斜、須不是俺神光錯摸眼麻查、待我起來瞧著、【起向鬼門驚介】呀、緣何即留即漸的光明大、待俺跳入壺中、細、看他、【做跳入枕中枕落去生轉行介】呀怎生有這一條整齊的官道、【看介】好座紅粉高牆、

【朝天子】一徑香風軟碧紗、粉牆低轉處、有人家、門開在這裏、待我驀將進去、閃、銅環呀的轉檐牙、滿庭花重重簾幙鎖烟霞、甚公侯貴衙、甚公侯貴衙、門簾以內、深院大宅了、門兒外瞧著前面太湖石山子、堂上古畫古琴、寶鼎銅雀、碧珊瑚、紅地衣、

【前腔】堂院清幽擺設的佳、似有人朱戶裏小窗紗、【內叫介】什麼閑人行走、快走快走、【生慌介】急迴廊怕的惹波查、【內叫介】掩上門、快拏快拏、【生慌介】怎生好門又閉了、且喜旁邊有芙蓉一架、可以躲藏、省喧譁、如魚失湊水旱蓮花、且低回自家、且低回自家、【老旦扮老嬤嬤上叫拏介】那人何處也、小姐早上、

【不是路】【旦扮崔氏引貼扮梅香上】淚影空花陌上香魂不住家、仙靈化、差排門戶粉脂搽、【旦】奴家清河崔

氏之女是也、這兩箇、一箇是老嬷、一箇是梅香、住這
深院重門、未有夫君、誰到簾櫳之下、走藏何處也、（老
旦）影交加、那人呵、多應躲在芙蓉架、（叫介）那漢子、還
不出來、拏去官司打折了他、（生作怕慌上介）休要拏、
小生在此、（老旦）甚麼寒酸、還不低頭、（提生低頭覷介）
（老旦）俺這朱門下、窮酸憑的無高下、敢來行踏、敢來
行踏、（旦）問漢子何方人氏、姓甚名誰、
前腔（生）黃卷生涯、盧姓山東也、是舊家、閒停踏、偶然
迷誤到尊衙、（旦）家中有甚麼人、（生）自嗟呀、也無妻小、

無爹媽、長則是獨向孤燈守歲華、（老旦）你沒有妻子、
在這裏狗顛狗腦、（生）小生怎敢、須詳察、書生老實知
刑法、敢行調達、敢行調達、（旦）叫那漢子擡頭、（生）不敢、
（老旦）小姐恕你擡頭、（生瞧介）原來是箇女郎、（老旦）咄、
前腔（旦）俺世代榮華、不是尋常百姓家、你行奸詐、無
端窺竊上陽花、（生）不敢、（旦）梅香和俺快行拏、（貼）沒有
索子、（旦）鞦韆索子上高懸挂、（貼）沒甚麼行杖、（旦）搊杖
鼓的鞭兒和俺著實的撾、（生）苦也苦也、（老旦）要饒麼、
（生）可知道要饒、（老旦）這等漢子叩頭告饒、（旦）非奸即

勞境中適眞處

盜、天條一些去不的、老嬷嬷、則問他私休、官休、私休、不許他家去收他、在俺門下、成其夫妻、官休送他清河縣去、【老旦】對生介、替你告饒了、小姐分付、官休私休、私休、不許你家去收留你在這裏、與小姐成其夫妻、官休送你清河縣去、【生】情願私休、私休、【老旦】一讓一箇背、【回介】禀小姐、秀才情願私休、【旦】這等恕他起來、【老旦】小姐放你起來、【生起笑介】【旦看羞介】老嬷嬷快下了簾兒、俺好看他不上、酸寒煞、你引他去迴廊洗浴更衣罷、再來回話、再來回話、【老旦】秀才、小姐分付迴

廊外香水堂洗澡去、【生笑介】好不措人、既在矮簷下、怎敢不低頭、【下】

前腔【老旦引生上】這香水渾家、把俺滌爪修眉刷淨了牙、【老旦】便道是你渾家、還早哩、相抬刮、這階前跪下手兒叉、【生拱立老旦回話介】禀小姐、那漢子洗浴更衣了、【旦】那人怎麼、【老旦】儘風華、衣冠濟楚多文雅、【旦低問介】內才怎的、【老旦低笑介】便是那話兒郎當你可也逗著他、【旦笑介】休胡哈、梅香捲簾、【貼捲簾介】【旦】俺盈盈暮雨快把這湘簾挂、【生跪、旦扶起介】男兒有。

夢鳳按逗著文君寡句應六字從葉譜增一副字

膝下男兒膝下【旦】盧生、盧生、奴家憐君之貧、收留你為伴、無媒奈何、【老旦】老身當媒、佳期休誤、【內鼓樂】老旦贊禮拜介【貼】新人新郎、進合歡之酒、【旦】扡酒介

【賀新郎】羞殺兒家、早蓮腮映來杯斝、驟生春滿堂如畫、人瀟灑、為甚麽閒步天台、看晚霞、拾的箇阮郎門下、低低笑、輕輕哈、剛逗著文君寡、【合】雲雨事、休驚怕、

【前腔】【生】三十無家、邯鄲縣偶然存劄、坐酸寒衣衫藞苴、妝聾啞、誰承望顛倒英雄在絳紗、無財帛單鎗入馬、能粗細、知高下、你穩著心兒把、【合前】【老旦、貼】扶夫

妻進洞房花燭、【淨、丑】提燈上【行介】

【節節高】【合】崔盧舊世家、兩部華、偶逢狹路通情話、教洗刮、沒爭差、無喇塌、帽兒抹的光光乍、燈兒照的嬌姹、崔家原有舊根牙、盧郎也不年高大、

【前腔】【合】天河犯客槎、猛擒拏、無媒織女容招嫁、休計掛、沒嗟呀、多喜洽、檀郎蘸眼驚紅乍、美人帶笑吹銀蠟、今宵同睡碧窗紗、明朝看取香羅帕、

【尾聲】果然是春無價、盼暮雨為雲初下榻、【旦】盧郎啊、這是俺和你五百歲因緣到了家、

不俊賦

使事穩協

臧曰今夜不須磁作枕盧郎猶能記夢中事耶

臧曰豫章人須重門第故臨川作傳奇如蕭嵩裴光庭字文融輩述先世為詳

夢鳳按各本一忠下有是也二字今從臧本刪

【旦】偶然高築望夫臺、悵悵書生走入來、

【生】今夜不須（郎泉）磁作枕、輕舒玉臂枕郎腮、

第五齣　招賢

【霜天曉角】外扮蕭嵩美髯上江南雲樹、冷落青門庶、萋萋芳草似憐予、有路長安怎去、【集唐】千秋萬古共平原生事蕭條、空掩門、試問酒旗歌板地、有誰傾蓋待王孫、小生蘭陵蕭嵩、字一忠、梁武帝蕭衍之苗裔、宋國公蕭瑀之曾孫、祇因岸谷遷移、滄桑變改、文武之道頓盡、琴書之興猶存、且是美於鬚髯、儀形偉麗、

看後來周旋盧生此處難爲光庭了

有人相我爵壽雙高這不在話下了、有箇與姓兄弟、叫做裴光庭乃金牙大總管、封聞喜縣公裴行儉之晩子、兼是當朝武三思之女婿、古今典故深所諳知、但此弟長有一點妬心、也是他平生毛病幾曰不見想待到來、

【前腔】末扮裴光庭袖詔書上插架奇書將相吾門戶、袖中天子辟賢書、瞞著蕭郎前赴、自家裴光庭是也、從來飽學未遇、幸逢黃榜招賢自揣可中狀元則怕蕭兄奪取、心生一計將這紙黃榜袖下了、不等他知

一經辭他前去、見介蕭兄弟、我近來情懷耿耿、有失款迎、裴你兄弟心事匆匆特來告別、蕭呀有何緊急至此、裴天大事都可說與仁兄、祇這些是小弟機密事不敢告聞、請了、蕭賢弟袖中簌簌之聲何物也、末沒有甚的、蕭扯看介是黃紙、裴笑介是本疏頭、蕭奪看介奉天承運皇帝詔曰天下文士可於本年三月中旬赴京殿試、朕親點取無遺、呀原來一紙招賢詔書、爲何賢弟袖著、裴實不瞞兄此榜文御史臺行下本學、學裏先生把與愚弟看、愚弟想來別的罷了、仁

臧曰一緣二命句亦佳

夢鳳按各本些下有子字今從毛本删

兄才學蓋世、聽的黃榜招賢、定然要去、因此悄悄的袖了這部行囊、兄往京單填小弟名字銷繳了、〔蕭笑介〕可有此話、秀才無數、何在我一人、

〔皂羅袍〕〔裴〕提起書生無數、俺三言兩句、壓倒其餘、那蒼生一郡眼無珠、則你春風入面人如玉、哥、你兄弟才學要中頭名狀元、你夫之時、把我綽下第二了、〔蕭笑介〕原來如此、〔裴〕嫦娥所愛、無過兩儒、將來並比端然一輸、因此上裴航要閃、住你蕭郎路、

〔前腔〕〔蕭〕不道狀元難事、但一緣二命、未委何如、你把

招賢榜作寄私書、遮天袖掩賢門路、別的罷了、賢弟在場屋中、我筆尖可以饒讓些、俺把筆花高吐、你真難展舒、俺把筆尖低舉、隨君掃除、便金階對策也好商量做、〔裴〕這等多承了、店中飲一杯狀元紅去、

〔尾聲〕〔蕭〕狀元紅吸不盡兩單壺、俺和你雙雙出馬長安路、兄弟呵、則這些時把月宮花談笑取、

〔裴〕王孫公子不豪奢、雪案螢窗守歲華、
〔蕭〕但是學成文武藝、都堪貨與帝王家、

第六齣　賭試

繞池遊（旦上）偶然心上、做盡風流樣、嬾妝成又偎人半晌、（老旦貼笑上）嘗勾了腰肢、通籠繡帳、聽得來愁人夜長、（醜奴兒）（旦）紅園粉簇清幽路。那得人遊。（老旦）天與風流有客窺簾動玉鈎。（貼）探香覓翠芙蓉架、官了、私休。（旦）此處人留。蝶夢迷花正起頭。（老旦）姐姐、天上弔下一箇盧郎、（貼）不是弔下盧郎、是箇驢郎。（旦）蠢丫頭、說出本相、思想起我家七輩、無白衣女婿、要打發他應舉、你道如何、（老旦）好哩、姐夫得官回、你做夫人了、

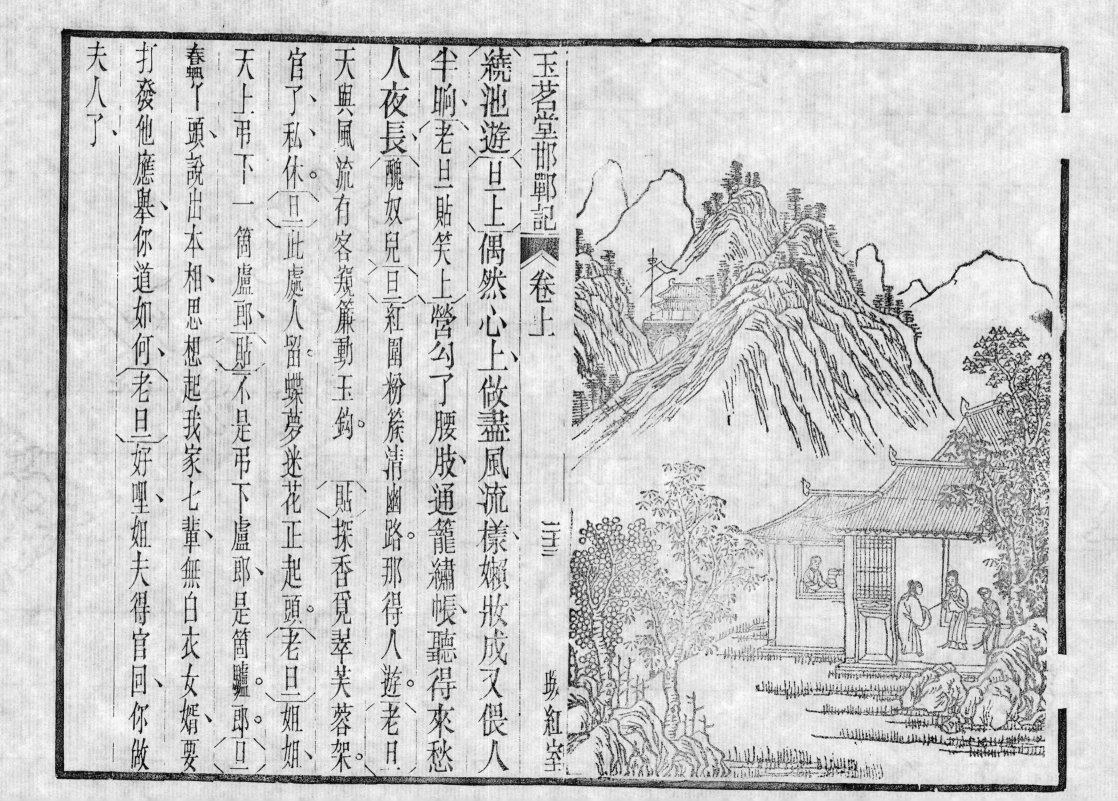

夢鳳按獨深居本竹林堂本作姐姐今從毛本作娘子

得箇小休歇

臧曰此曲頗中時弊語亦佳

哭世笑世

卜算子〔生上〕長宵清話長、被風情廣、似笑如顰在畫堂、費盡佳人想、〔見介〕〔集唐〕〔旦〕盧郎、你不羨名公樂此身、〔生〕這風光別似武陵春、〔旦〕百花仙醞能留客、〔生〕一面紅妝惱殺人、〔旦〕盧郎、自招你在此、成了夫婦、和你朝歡暮樂、百縱千隨、真人間得意之事也、但我家七輩無白衣女婿、你功名之興、却是何如、〔生〕不欺娘子說、小生書史雖然得讀、儒冠誤了多年、今日天緣現成受用、功名二字、再也休提、〔旦〕咳、秀才家好說這（真實語）話、且問你會過幾場來、

朱奴兒〔生〕我也忘記起春秋幾場、則翰林苑不看文章、沒氣力頭白功名紙半張、直那等豪門貴黨、〔合〕高名望時來運當、平白地爲卿相、〔旦〕說豪門貴黨也怪不的他、則你交遊不多、才名未廣、以致淹遲、奴家四門親戚、多在要津、你去長安、都須拜在門下、〔生〕領教了、〔旦〕還一件來、公門要路、能勾容易近他、奴家再著一家兄相幫引進、取狀元如反掌耳、〔生〕令兄有這樣行止、〔旦〕從來如此、了、

前腔有家兄打圓就方、非奴家數白論黃、少了他呵、

夢鳳按原題作雁來紅誤今從葉譜勘正

臧曰尾佳甚

嬉笑怒罵皆文章矣

紫閣金門路渺茫、上天梯有了他氣長、〈合前〉〈生〉這等、
小生到不曾拜得令兄、〈旦〉你道家兄是誰、家兄者錢
也、奴家所有金錢、儘你前途賄賂、〈生笑介〉原來如此、
感謝娘子厚意、聽的黃榜招賢、盡把所贈金資引動
朝貴、則小生之文字（痛快）字字珠玉矣、〈旦〉正當如此、梅香取
酒送行、〈送酒介〉
普天綠過紅〈普天樂〉寬金盞、瀉杜康、縈斑騅、送陸郎、〈綠襴〉
〈衫〉他無言覷定把杯兒倘、再四重斟上、〈雁過沙〉怕濕羅
衫這淚幾行、〈紅娘子〉〈合〉凝眸望、開科這場、但泥金早傳
唱、
前腔〈生〉葫蘆提田舍郎、仗嬌妻有志綱、贈家兄送上
黃金傍、握手輕難放、少別成名恩愛長、〈合前〉〈拜介〉
尾聲〈生〉指定衣錦還鄉似阮郎、〈旦〉此去呵、走章臺再
休似以前胡撞、俺留著這一對畫不了的愁眉待張
敞、
〈生〉開元天子重賢才　〈旦〉開元通寶是錢財
〈老旦〉若道文章空使得　〈貼〉狀元曾值幾文來

第七齣　奪元

〔夜行船〕淨扮宇文融引副淨雜執棍上　宇文後魏留支派、猶餘霸氣遭逢聖代、號令三臺、權衡十宰、又領著文場氣概。〔集唐〕猶得三朝亂後車。曾將雷雨發萌芽。中原駿馬搜求盡。誰道門生隔絳紗。下官乃唐朝左僕射兼檢括天下租庸使宇文融是也。性喜奸讒、材能進奉、日昨黃榜招賢、聖人可憐見著下官看卷進呈、思想一生專以迎合朝廷、取媚權貴、劵子中間有箇蘭陵蕭嵩、奇才奇才、雖是梁武帝之後、異代君臣、管我不著、又有箇聞喜裴光庭、正是前宰相裴行

儉之子、武三思之婿、才品委些、我要取他做箇頭名、
蕭嵩第二、早已進呈、未知聖意若何、早晚近侍到來、
可以漏洩聖意、左右門外伺候、
〔粉蝶兒〕〔老旦扮高力士引隊子上〕綠滿宮槐、隨意到
蕀闈簾外、〔丑報介〕司禮監高公公到門、〔宇文慌走接
介〕〔宇文〕早知老公公俯臨、下官禮合遠接、〔高〕老先生過
謙了、日下看卷費神思哩、〔宇文〕正要修一密啟稟問
老公公、未知御意進呈第一、可點了誰、〔高〕有點了、〔宇
文〕是裴光庭麽、〔高〕還早、〔宇文〕是蕭嵩、〔高〕再報來、〔宇文

後面姓名、下官都不記懷了、〔高〕可知道、
〔一封書〕都經御覽裁、看上了山東盧秀才、〔宇文想介
山東盧秀才、〔高〕名喚盧生、知他甚手策動龍顏含笑
孩、〔宇文〕老公公看見當真點了他、〔高〕親看御筆題紅
在、待翦宮袍賜綠來、〔合〕御筵排、榜花開、也是他際會
風雲直上台、〔宇文〕奇哉、奇哉、這等裴蕭二人第幾、〔高
蕭第二、裴第三、〔宇文背介
〔前腔〕卷首定蕭裴、怎到的寒盧那狗才、可笑〔回介〕是他命
運該遇重瞳、著眼擡、〔高〕老先生不知、也非萬歲爺一人

主裁他典滿朝勳貴相知都保他文才第一便是本
監也看見他字字端楷哩【宇文】可知道了他書中有
路能分拍則道俺眼內無珠做總裁【合前】【高】告別了
明日老先陪宴

【尾聲】杏園紅你知貢舉的須陪待【宇文】還要請老公
公主席纔是【高笑介】我帶上了穿宮入殿牌則助的
你外面的官兒御道上簪花那一聲采【下】【宇文弔場】
可笑可笑略看定了的狀元誰想那盧生以鑽刺搶
去了偏不鑽刺於我

如此朝綱把握難　不容怒髮不衝冠
則這黃金買身貴　不用文章中試官

第八齣　驕宴

【丑扮廚役頭巾插花上】小子光祿寺廚役三百名中
第一刀砧使得精細作料下得穩實饅頭摩的光泛
綫麵打得條直千層起的鬆鬆入珍配得整飭何止
五內七菜無非喫一看十喫了的眼思夢想但看的
都垂涎咽液休道三閣下堂餐便是六宮中也是我
小子尚食這開元皇帝最喜我葱花灌腸太真娘娘

最喜我椒風扁食止因御湯裏抓下箇虱子被堂上官打下小子革役虧的過房外甥子𥪡救叫小子依舊吏名上直（內問介）外甥是誰（丑）是當今第一名小唱在高公公名下秉筆（笑介）你問我今日為何頭上插花來做新進士瓊林宴席前路是半實半空案果後面是帶熟帶生品食那裏有壽祭牛肉那裏討宣州大栗一碟菜五十六根黃虀半瓶酒兩三盞醋滴官廚飯一兩匙兒邊旁放著些半夏法製（內問介）為甚來（丑）你不知秀才們一箇箇飽病難醫待與他

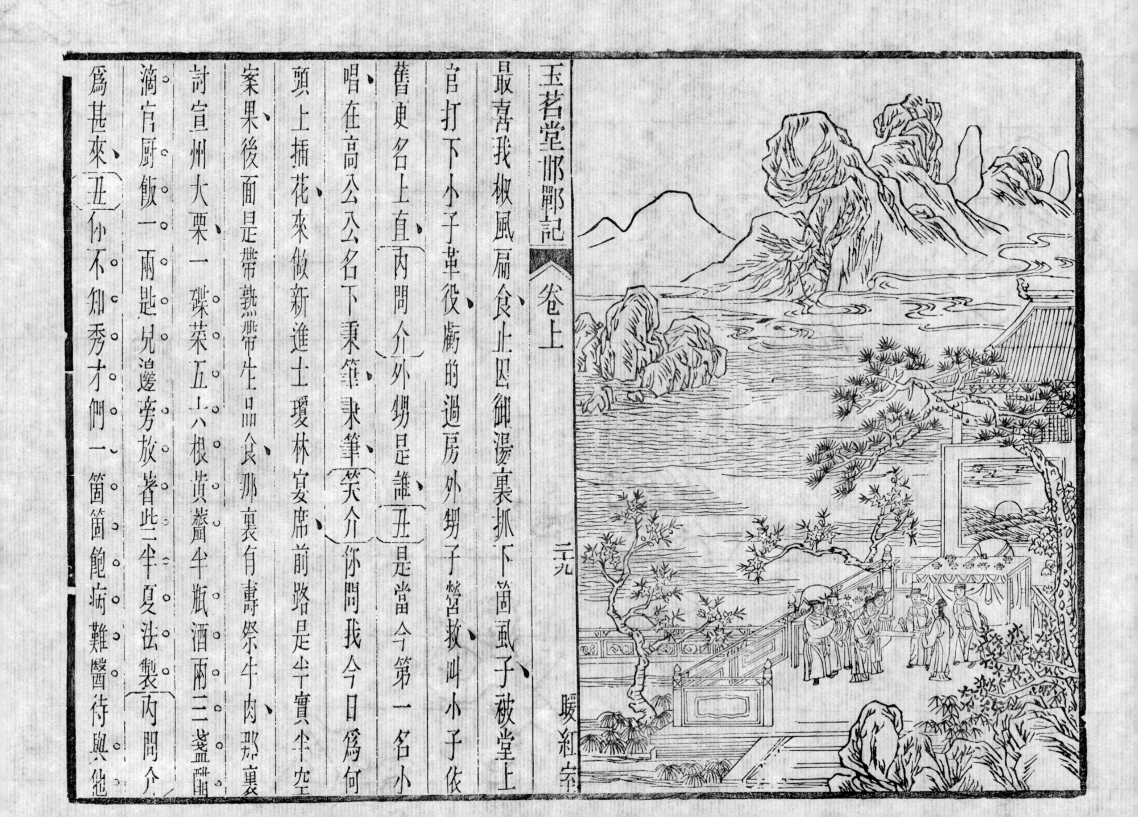

爍些牌冑說便說了、今日天開文運、新狀元賜宴曲
江池、聖旨就著考試官宇文老爺陪宴、前面頭踏早
來也、
〔謁金門前〕〔宇文〕引小生雜執棍上〔風雲定、恩賜御筵
華盛我也、曾與紅綾春宴餅、年華堪自省、我宇文融
今日曲江陪宴、可奈新科狀元、乃是落後之卷、相見
好沒意兒、後生意氣、且自取奉他一二、叫光祿寺祗
候人、筵宴可齊、〔丑〕叩頭介〔都齊了、祗有教坊司未到、
〔小生雜先下〕〔旦貼老旦副淨上〕折桂場中開院本、插
花筵上喚官身、稟老爺、女妓叩頭、〔宇文〕報名來、〔貼〕奴
家珠簾秀、〔旦〕奴家花嬌秀、〔老旦〕我叫做明月秀、〔副淨〕
我叫做鍋邊秀、〔宇文〕怎生這般一箇名字、〔丑〕小的知
他命名的意兒、妓女們、琵琶過手、曲過嗓、家常飯到
只俾掌、只這名叫做鍋邊秀、便是小的光祿寺厨役
竈下養、〔宇文〕原來是箇火頭哩、〔丑〕著了、來和老爺退
火、〔宇文〕唗、狀元已到、妓女們遠遠迎接、
〔謁金門後〕〔生〕扮盧生、外扮蕭嵩、末扮裴光庭、引小生
雜扮隊子、執瓜鎚上〔走馬御街遊、趁雁塔標題名姓、